歌　集

遠代の炎

下村百合江

第１歌集文庫

序

著者下村百合江さんの経歴や環境については知るところが少なく、作品や後記を通じて知るのみであるが、十年の教職ののち、昭和五十二年から母校三輪田学園の講師をされている。専門は理科とその母の乃村仲子さんから確か伺ったことがあるが、女性には理科は珍しいと思うと同時に、作品に一貫して流れている特質と色調とから私には成程と頷けるものがあった。このことは本歌集をひもとく読者にもじきに納得されよう。後記に記されている通り、作者が現在住む千葉県松戸市の松戸栗ケ沢近くにある貝の花貝塚や子和清水貝塚により、縄文時代の遺物やその生活に心を奪われて詠んだ歌は私を圧倒するほどの数であったが、同素材の歌だけが多くては歌集として如何との思から、その多数を割愛した。作者にも残念の思があったことと思う。又後記には、一五〇種余りの木草を詠んでおり、若い頃から植物の生命力の不思議さに強く心をひかれたとあるが、縄文時代の歌と相俟ってこれら植物の歌も本集の主調的な魅力をなしている。

作者が歌を始めたのは昭和三十九年からで突然に始めたとある。子どもの頃母の針箱にあった紙片に記された歌をかなしいと思い、記憶されていたものが、或る契機によって、作歌を促したことは誤なかろうが、作者に流れる母の乃村仲子さんの血をも私は思わずには居れない。私は短歌のような短詩型に執する者には短歌的資質とでも云うべきものが在るものと思っている。さもなければこのはかない詩型に一生もの間打込めるものではない。私は乃村、下村さんの母娘二人が共々に短歌に励んでいる姿を常に美しいものと見守り、時によっては羨しくも思う。本集の上梓による著者の喜は当然として、母の乃村仲子さんの喜もそれに劣るものではなかろう。娘の瑞々しい歌が母を刺激し、母の熟達した歌が娘の滋養となるよう、今後とも母娘二人が携えて歌に精進されることを願って止まない。

作者の歌は初期の頃から写実の道をまっとうに進み踏み外すところがない。女流がとかく観念や心象の世界に遊び、装飾たっぷりの表現に自足していることを思うと、作者の態度は実に清々しい。例えば次にあげる、

潮流の移ろふ頃か隅田川ながき筏のはこびはにぶし
隅田川船のあとなる波の筋冬日にひかりしばし揺れゐつ
雨いつかみぞれとなりて隅田川けぶらふ方に船の消えゆく

引き船にやや間をおきて引かれゆく長き筏に人の影立つ

「隅田川」（昭和四十年作）の歌を見ても、作歌を始めて漸く二年目の人の歌とは思えぬほどの確かさが素直な表現の中にある。

仰高門入りて老樹の椎の枝頭上払へば古き葉の落つ
石畳散り敷く椎の落葉踏み暗きを歩む聖堂のうち
孔子像中に在《ま》します大成殿閉ざしたるまま大屋根の反り
閉ざさるる大成殿に佇めば鳩飛び立てり大屋根のした

これは昭和四十四年の作で「湯島聖堂」と題がある。作者の写実の態度、方法は対象によっても変るところがなく、着実に表現技術を高めて来ているが、その写実力を全的に駆使して最も充実した一連となっているのは「比叡山」（昭和五十年作）の連作である。

杉の花まだ色出でぬ叡山の杉生の雪をひとり来て踏む

親鸞上人荒法師らも下りけむ雲母《きらら》の坂に雪の残れり
いくそたび強訴《がうそ》の神輿下りたる叡山けふを雪いだく谷
法闘を偲びつつ踏む叡山に雪がのこりて十余の谷々
二峰に分けて弥生の雪残し鎮まりいます法の御山は
窺へば戒壇院堂こもる香の闇にしいます釈迦牟尼の像
下り来て雪に埋《う》もれし止観院杉山陰に大き位置占む　根本中堂
回廊に雪はのこりて止観院大屋根あをく三月の光
桟唐戸《さんからど》あけたる暗き内陣に法の灯うくる薬師如来仏
千日の回峰行者のけふゆくか雪の消のこる無動寺の谷　無動寺谷ほか
叡山に平地《ひらち》求めて向きむきに位置を占めたり堂塔いくつ
比叡より北に連なる比良の山雪のこしたりまろき高峰
ひといきに下れば京の八瀬の里あしびが咲けり白の垂れ花

比叡山は言うまでもなく王城鎮護の霊山で、天台宗の総本山延暦寺の山号でもある。雪の叡山に取組むに歴史を踏まえた確実な把握、表現は拡がりと深さを持っていて、歌格も堂々としている。本集の代表的な作品である。作者が物を観照、凝視する力は日常の理科の仕事から或は培われたものもあろうか。あらゆる芸術は特殊から普遍への道と云われるが、作者はその道を遂げ得る可能性を持った新人と思う。ここにいう特殊とは素材的な意味ではないこと無論である。

次に作者が一番心を注いだと思われる縄文時代の歌から注目すべき歌をあげてみよう。「貝の花貝塚」（一—二）、「雨の貝塚」、「発掘の丘」（一—三）、「縄文の土器」（一—二）、「土偶」、「縄文の人」、「発掘の丘潰さる」等の歌が該当するが、選を経た後でなお九十五首あって、作者の情熱のほどを知り得る。

埋《う》もれゐし土器のかけらを掘りしあと土に鮮《あたら》し縄文残る　貝の花貝塚（一）
笹の根の絡まる土器のかけら掘る吾がまぼろしの縄文とほく
手応へのたしかにありて掘り進む口縁まろき反りたるかけら
白々と芒の穂花片なびく貝塚山にながき日のかげ
土肌の荒き土器片洗ひをり水に沈みてふふむ泡立つ
巻貝も混りて浮けり貝塚のなだりに筋のしるき雨あと　雨の貝塚
貝塚の貝を起して萌ゆるもの一人静の小さき穂の花
被ひたる土を払へば濡れ沈みいま日を受くる縄文の土器　発掘の丘（一）

四千年の遠代の人の住みしあと掘れば乾きて赭き土の肌
発掘の人ら去りにし丘暮れて闇に残れる竪穴の址
頭骨に餓死線見えて掘られしと聞きてはかなし縄文の丘　発掘の丘（二）
あきらかに人葬りし土器を掘る四千年経て土と化すはや
貝層に埋《う》もれずあらば人の骨土に還りしが掌のうへ
糧足らず飢ゑに絶えしか縄文の炉のあと土の赭きかたまり
土器片の一つ一つを染むる日の落ちて靄立つ集落のあと
うは土を除《の》けて出でこしローム地に黒々と見ゆ竪穴の位置　発掘の丘（三）
遠き代に水を溜めたる土器ならむ口縁まろく内曲の形《なり》
冬の嵐去りて溜れる竪穴の水にうつりて早き雲あし
土器を焼きし遠代の炎思ほゆるわが手に触るる堅き薄片　縄文の土器（一）
山崩し三層見ゆる露頭なりうは土に浮く貝塚の貝　貝の花貝塚（二）
貝塚山いまゐぐられて水気噴く粘土層みゆ赤土の下に
ま葛の根笹の白根とからみ合ふ貝塚山を人のゐぐれり
土運ぶ残る一台去りゆきて貝塚山のうへの白き月
鉾形のとがり葉生ふるはこひるがほ竪穴埋めし丘にひとくさ　発掘の丘潰さる

扁平の顔の幼きこの土偶目もと口もと小さく寄せぬ　土偶
四肢まろく体軀短き遠つ代の土偶に立てばおのおの貌
呪術に生きをゆだねし遠き代の出土の土偶みな砕かれて
縄文とほく人のつくりて砕きしか土肌あらき妊婦の土偶
古代史の謎の一つとふ土偶なり首なく肢なく妊婦の土偶
頭骨の縫合《ほうがふ》の筋まざまざと座位屈葬の縄文のひと　縄文の人
白き歯の整ひて見ゆ遠代びと座位屈葬に小さく眠りし
腕に嵌まる貝の輪幾重のこるまま嵩の小さし遠代の人の

作者の歌は知性の漂いに特色がある。知性は感性と対立してあるのではなく、感性の中になかった知性は存在しないと云われるように知性は感性の中に一つに融け込んで、感性を研ぎ澄まし純化すべきものと思う。作者の場合はその知性が作品に滲むように後から支え、表面に露呈するところがない。理智が理智として歌の表にあらわれては味わいは期しがたいのである。

十数メートル断崖に出でし地層なり走行の線は北にし向かふ

赤土のロームにつづく粘土層砂層夫々に結晶ひかる
変動のさまを印せるこの地層幾万年を水底にありし
乳色に粘土層出づ下総台地もろき地の肌亀裂に乾く
鉄錆の色の染みたる砂礫層乾きてもろしわが触るる手に
春の嵐去りて露頭の砂の層流紋しるく崩されゆきぬ

「地層の露頭」（昭和五十二年作）の歌であるが、これらの歌には、ローム、粘土層、砂層および砂礫層の地学の用語が不熟のまま浮き上ることなく静かに定着している。言葉は本来その機能を極限にまで発揮した後は、一首の情緒意味の中に消え去らねばならない。

乳鋲を太々打ちたる陣屋門強訴《がうそ》幾たび遠世にありき
騒動の古き記録の連判に筆蹟おのおの力みたるあと
敗れしも犠牲多きも騒動の貧しき記録飛驒に残りぬ
幼妻に文を残せり善九郎一揆率ゐて十八歳に死す
榑板《くれいた》に葺きて陣屋の大き蔵暑き日に訪ふ権勢のあと

「飛騨の高山」（昭和五十三年作）の歌であるが単なる属目の把握とせず、高山の歴史、風土を心に、対象を的確に捉えているところに特長があり、力ある詠み口である。

作者の歌の多くは自然か、或は自然と人事の絡み合った素材の歌である。物は確かに自分の外に実在するが、情《こころ》を移入することによって、物の情《こころ》は対応して自分の内面に働く。生活の内深くあるものを捉えることによって、作者はこの後新しい展開を作品に遂げ得よう。期待してそれを待ちたい。

『遠代の炎』が社中にかぎらず広く歌壇の眼に触れることを願って筆をおく。

昭和五十四年十二月十二日

千代國一

昭和三十九年

街路樹

萌えし茶の青に移ろふマロニエの長き影ひく路の上踏む

花の過ぎ繁り深まる頃に来て一人を歩むマロニエの並木

一面の蝶形黄花《てふけい》ふむ路の槐《ゑんじゆ》のもとに都電を待てり

槐過ぎ銀杏をすぎて梧桐に移ろふ街路歩みつづくる

大楠にたまる雨滴の晴れゆくと一時《ひととき》に落つ日にかがよひて

梧桐の茂り重なる葉のかげの房穂を見上ぐ暑き街路に

心重くひとり歩める吾にそひまろびつつゆく桐の大き葉

弥勒菩薩

赤松の一つ木をもて彫られたる弥勒菩薩の微笑静けき　広隆寺

火舎《ほや》の扉《と》の天女の舞ひのふくよかさ天平の代の八角灯籠　東大寺

エンタシスまろき柱に手を触れて古き亀裂の木目走れり　唐招提寺

三浦海岸

海蝕の岩に埋《う》もるる化石貝褪せたる殻の一つを剝がす

浜の岩穿ち己をはめ込むかボーリングシェルは尖るひら貝

引く潮の岩に残れる潮だまりいそぎんちゃくの触手を開く

小諸高原

夜半立ちて流星群を吾が待てる黒き林に風のこもらふ

東のペルセウス座の流れ星一つひかりて山に消えたり

霧の中光一筋差しきたり落葉松林にシルエット浮く

いくつ葉の色づきそめしななかまど雨の後にて朱の際立つ

幼子小百合

新生児室に泣くは吾子なり聞き分けむまだ一日の吾は母なる　誕生の頃

クレヨンをわざと折るさへ幼子の知恵づきしかと吾の笑むなり

日もすがらまはらぬ舌に幼子の我を通しつつやうやく眠る

勤め終へて砂場に寄れば子はひとり皆の去りたる夕日にかがむ

昭和四十年

初釜

初釜の音かたはらに琴に向き心鎮めたり春の曲弾く

衣ずれの音をひきつつ運ばるる薄茶清らに大寄《おほよせ》の席

献茶式両尊天目の点前《てまへ》進む宗匠厳たり視線のなかに

椎茂る中に色づく一本の欅あるところ陽光明るし

垣越えて路に散り敷くもつこくの白き小花の黄に変りゆく

ざうりむし

観るうちに分裂終へたりざうりむし顕微鏡下に繊毛ゆるる

繊毛を羽状にふりてざうりむしレンズの視野をたちまちに過ぐ

うつうつと暗き心の一日長し顕微鏡下に原虫を追ふ

朝寒き光のこもる教室にひとり並べぬビーカーフラスコ

隅田川

潮流の移ろふ頃か隅田川ながき筏のはこびはにぶし

隅田川船のあとなる波の筋冬日にひかりしばし揺れゐつ

雨いつかみぞれとなりて隅田川けぶらふ方に船の消えゆく

引き船にやや間をおきて引かれゆく長き筏に人の影立つ

昭和四十一年

父

父の墓に花を捧ぐる母とゐて傘さしかけぬ霧雨のなか

言葉なく発作に逝きしわが父よ叱り給ふはつひになかりき

土乾きすぎなまばらなる父の墓過ぎし日の沁み母と語らふ

父の墓に母とたたずむしばらくを冬枯れの木に鳶のこゑ澄む

皇居のあたり

桜散り夕やみ来たる濠の面渡りおくれし二羽の鴨浮く

勾配のゆるき三宅坂夕光にたんぽぽの絮まろびゆくとき

点々と浮草萌ゆる濠の面時に音して稚魚のあぎとふ

暮れ方の風に広葉を返し浮くがぶたならむ半蔵濠に

赤煉瓦一棟のこる聯隊の破れし窓を鳩の出で入る

朝の日に松影長き濠の土手紅燃《あけ》ゆるがに曼珠沙華立つ

夕闇のはやも迫りて冬至の日乾の門は重々と閉ざす

尾崎公園

一ところ枯芝分けて萌え出づるすずめのゑんどう露の葉群の

石造の屋に鎮もる水準原器起点はここなり二四・四一六〇米

椎の木に新葉《しんば》の出でて風なきをしきりに散れり古き椎の葉

昭和四十二年

建国記念日

建国の記念日祝ふデモの列ややありてゆく反対のデモ

建国の記念日の旗はためけるビル屋上の雪にけぶらふ

幼　子

靴べらと言ひては拾ふ幼子に白蓮の花散りてまた散る

幼子の初めて摘めるつくしんぼ掌《てのひら》にうけ胞子のこぼる

踊子草すかんぽなづなひめぢよをん憶えたる子の土手を駆けゆく

水元（一）

小合溜雨の強まり行く方に水茫々と深くけぶれる

水元にまた降り来たる強き雨落羽松《らくうしょう》の葉ぬらして過ぎぬ

ひかる水に影を落して見入る時くちぼその群川底を過ぐ

絶えしかとこはごは寄れる小合溜あさざ一群黄花を上ぐる

やうやくに一株返るあぜおとぎり溜井に浮けり黄花五弁に

箱根宮の下

トンネルを出でたる崖にぬれぬれて照り鮮やかに岩たばこ這ふ

湯のまじる水の注げる岩かげにさはがに二つ白し動かず

灯火のいつか点りてまなかひの明星ヶ岳翳深くなる

裏山に続くたかむら暮れ沈み闇の深きにうまおひのこゑ

うまおひを放ちに来れば三宅坂待宵草か暗きに浮かぶ

会津・吾妻小富士

落葉松の林を被ふ葛の蔓穂花立ちたり花むらさきに

御薬園《おやくゑん》松の下ゆく夕光に赤き実下る伽羅木の這ふ

重き石軽石もあり掌にうけて吾妻小富士の火口に立てり

山肌を黄に染めて這ふ噴煙の一切経山われの真対ふ

赤井谷地

赤井谷地水苔原は人気なく葦の片葉を越ゆる風のあり

踏み入りてほろむいいちごに屈むとき足に滲み来《く》水苔のみづ

赤き実のつるこけももは水漬くまで叢がりて這ふ谷地の開けて

人の影つひに見るなき湿原の風の行く方磐梯の嶺

水苔原わが立ち去らむ手に触るるうめばちさうは花軸のびたり

多摩丘陵

雄刈萱やや来てここに雌刈萱宅地化進むゆふの多摩の丘

思ひ草求めて尾花分けきたりほほじろの巣か乾びて残る

呼吸根切株のごと出《いだ》す木の落羽松《らくうしよう》の葉散りて明るし　新宿御苑

手にとりて振れば音するさいかちの長き実拾ふ木下明るく

昭和四十三年

羽田空港

通ふ船今は絶えしか芝浦運河破《やれ》船浮かぶ水よどみたり

埋立てしお台場あとの発電所正月四日煙立つなく

滑走路越えて遠白き東京港沖なる船も雲もうごかず

浜離宮

船着場のあとなり堀の水濁りたぶのきの枝ふかぶかと覆ふ

おぼおぼと光《かげ》さし来たる池の面スモッグの底を鴨の過ぎゆく

中島の茶屋の跡とふ礎石あり大泉水はいま満てるらし

茶屋跡の礎石に記す潮のすぢ満ちて来らしも潮入の池

池の辺をもとほる間にも潮引きて岩に着きたるふじつぼ乾く

むらさき　自然教育園

武蔵野の植相ここにとどめむか白金台に紫草《むらさき》みだる

白金の台地にみたり武蔵野のむらさき草は白きつぶ花

白金にとどめし紫草《むらさき》白花のほのかに咲くやいにしへ恋《こほ》し

舅

重ねおく鉢に時雨の降り染《し》みて菊を作りし舅はいまさず

弓形に枯るる茎あり葦の原片葉さやぎて風のわたらふ

片なびく青き葦原越ゆる風赤土盛りて沼は消えむとす

昭和四十四年

湯島聖堂

仰高門入りて老樹の椎の枝頭上払へば古き葉の落つ

石畳散り敷く椎の落葉踏み暗きを歩む聖堂のうち

孔子像中に在《ま》します大成殿閉ざしたるまま大屋根の反り

閉ざさるる大成殿に佇めば鳩飛び立てり大屋根のした

後楽園

園に入り琉球はひねず伏す枝に昼顔の花纏はりて咲く
柱ありし礎石のくぼみ土溜り草の生ふるは唐門の跡
いひぎりの広葉の萌ゆる後楽園蕾穂の花立ちそめにけり
小綬鶏の高鳴きをして寄り来たり音なく久し満天星《どうだん》の奥
池の辺に人待つとなく見てゐたり波紋の揺らぐ涼亭の壁　清澄庭園
冬枯れの欅が下の射干《しやが》の群照り葉の垂りて夕暮れむとす

銀閣寺

母と来て縁にしばらく見てゐたり月待山の赤松の幹

糸のごと軸を立てたる胞子嚢苔庭あかき露のひかるも

銀閣寺出で来て疎水のはやき水柳藻ならむ流れになびく

昭和四十五年

神武寺山・鷹取山

さねかづら定家葛の冬紅葉楢のあかるき林をのぼる

枯尾花なびかふ尾根にわが立ちて強く吹き過ぐ峡上る風

藪椿の蔭に立ちます石仏くれなゐの花落つるにまかす

寒葵求めて枯葉踏み来ればほたるかづらの埋もれて碧し

神武寺山《じんむじやま》あきらめて待つ老母に雲紋寒葵一株掘らむ

枯れ枯れの野老葛《ところかづら》のもつれ茎秀にからまりてにはとこが萌ゆ

見上ぐれば野老葛の末枯《うらが》れに実の纏はりて山芽吹きそむ

弥勒菩薩磨崖の像の削られてブルドーザーの祠にひびく

石切場あととなる岩のそそり立ち若人が打つハーケンの音

鷹取の岩場に挑む若きらのハーケン打てるこだまのきこゆ

踏みて入る樫の下かげ風さやぎ白くかそけし笹竹の花

新しき家

栗ケ沢久保下などと名にありてまさしく低しわが家のあたり

通学のあと人絶えてわが歩む前に白々尾花そよげり

新しき家に慣れつつ独りきく槌音の間のこほろぎのこゑ

ダンプカー五台を盛れる庭土に土器片浮かぶ驟雨の去りて

笹竹の地下茎白く埋《う》もれゐて土器片もありこの土の量

遠き代に貝をさぐりし入江ならむ赤土盛りてわが家の建つ

月光に花のごと浮く貝殻の貝塚山を越えてわが家

貝の花貝塚（一）

三千年の遠代に人の住みしあと土器片の浮く貝塚に立つ

埋《う》もれゐし土器のかけらを掘りしあと土に鮮《あたら》し縄文残る

笹の根の絡まる土器のかけら掘る吾がまぼろしの縄文とほく

手応へのたしかにありて掘り進む口縁まろき反りたるかけら

白々と芒の穂花片なびく貝塚山にながき日のかげ

肉厚く粗大の土器ならむこの欠片加曽利E式わが掌に重き

土肌の荒き土器片洗ひをり水に沈みてふふむ泡立つ

昭和四十六年

自律神経を病む

心臓の鼓動きこゆるけふ一日こもりてききつ遠き槌の音

遠霞む森のあたりの屋根一つまた白く見ゆ雲をもる日に

明星に相対ふがに上る月うつろふ今宵豆をまくこゑ

月面軟着陸

オリオンの北に光りて十日月いま月面に降《くだ》るアポロ十四号

朝三人の月より戻る人迎ふ夕べに蝕の月細く出づ

千駄堀

ほもの科の草々枯れて乾く田に生産調整の札の傾く

宅地化の手のまだ延びぬ千駄堀稲のなき田に葦生広ごる

白鷺の飛びかふ水田この年も生産調整の札の立ちたり

白鷺にけふも会ひしと帰り来て芹洗ふとき赤き望の月

一粒の卵が細き胚となり動きて出でぬおたまじやくしは

保井コノ先生

一代かけて細胞学を究め給ふ保井コノ先生笑みのやさしく

八十の保井先生在《おは》しますか研究室にあかりの漏れて

昭和四十七年

瑞牆山《みづがきやま》

瑞牆の山径に這ふ夏草の枯れがれの花むらさきが残る
燕子花《かきつばた》か野花菖蒲か見てわかず瑞牆山の花過ぎし株
かがまりてやまをだまきに見入る時娑羅の白花肩打ちて落つ
人丈の高きに伸びしやぶれがさ分くるなだりに白き花立つ
やぶくわんざう葛も絶えたり登り来て岩伝ふ水に手拭ひたす

石集め枯木探して炙り食ふ子らと分け合ふもろこし匂ふ

見はるかすなだりは葛の一面に葉裏白波風に移ろふ

虹

嵐去り虹あざやけし七色の筋を消しゆく足早き雲

虹二度《ふたたび》かかり消えつつ嵐の日風をさまりて夕べとはなる

昭和四十八年

柴又帝釈天

萌え光る柿に降り頻く楠落葉堂のそがひの風強まりぬ

大屋根のくすの落葉の舞ふときを勤行の鐘御堂にこもる

梢鳴る音して楠の落葉降る帝釈堂のそがひ小暗く

寺人の掃き清めゆく回廊に楠の落葉の散りて止まなく

矢切の渡し

堤防の工事の音のとどろきて下る河原矢切の渡し

雨のあと濁る江戸川渡す舟上げ潮浪に逆らひて漕ぐ

高浪に昼に仕舞ひて渡し守影なき舟の風にたゆたふ

かはやなぎ根もとを浸す江戸川の上げ潮らしも浪高まりぬ

伊豆城ヶ崎

熔岩の海に切り立つ崖に着くらせいたさうの羅紗に似る萌え

噴気孔無数にあきたるスコリアの石拾ひたり意外に重し

江戸城へ石を運びし舟思ふ伊豆石切場岩そそり立つ

松落葉重なるを除けぬ采配蘭細芽の白き五つを数ふ

海の水いろ暮ぐれにしづみゆきしろく花見ゆ大島桜

海沿ひに道を幾度曲り来て暮れゆく水の色変りたり

雨の貝塚

土に浮く貝を踏む度割るる音歩みたぢろぐ雨の貝塚

一つ一つ貝の潰るる音たちてひとり踏みたり貝塚の山

巻貝も混りて浮けり貝塚のなだりに筋のしるき雨あと

土白く染めて貝浮く貝塚の雨はるる間に赤とんぼ舞ふ

貝塚の貝を起して萌ゆるもの一人静の小さき穂の花

雪消えて見ゆる赤土貝の出づまた来たり立つ貝塚の山

下総の平賀本土寺貝塚の貝の浮きたり参道くらく　本土寺

人踏みて形とどめぬ貝の浮く貝塚あとの祖師堂のみち

馬王堆出土展

君幸酒の文字ありありと出土杯朱のうるしの底光りたり

王侯の安き眠りに捧げたる玉片研ぎし工人思ほゆ

昭和四十九年

小金東漸寺

雪折れの松に卒塔婆くべて焚く檀林院東漸寺御堂けぶらふ

老松のうへに音して枝はらふ雪の寺庭焚火のけぶる

三列に寄り添ふごとし五百余の無縁の墓にまた雪の舞ふ

本堂のそがひは広き枯萱のなびく株間に雪はだらなり

青面金剛石塔一基残りたり御遷座のあと宮居の暗く　小金八坂神社

水元（二）

大方は二番咲きらし菖蒲田に人の影絶えよしきりのこゑ

菖蒲田は今年限りか去りがてに肥後の垂れ花驟雨に濡るる

去年を来て今年も来たる小合溜あさざは浮かず水乾きをり

水元に消えゆく草々かなしめりひるむしろなくあさざ今日絶ゆ

庭隅

忘れゐて土掘り起こす庭隅の金蘭細芽の色なく埋《う》もる

信濃路の野花菖蒲かわすれたりけふ庭隅に紫ひらく

蔵王

登り来て子と息鎮め積む石のケルン崩れぬ蔵王刈田岳

硫黄とも鉄の色とも五色岳山かげうつる火口湖のみづ

一面の亀裂入りたる雪渓に屈みてつかむ水気なき雪

ゴンドラは霧のただ中降りたりとどまつの枝一ところ見ゆ

地衣着きてまだらに白き櫟の幹細き太きに霧の流らふ

昭和五十年

比叡山

杉の花まだ色出でぬ叡山の杉生の雪をひとり来て踏む

親鸞上人荒法師らも下りけむ雲母《きらら》の坂に雪の残れり

踏む雪の冷たき御山菩提樹の冬芽のかたき一木《ひとき》が立てり

雪を来て大講堂にをろがみぬ道元禅師のあかき御顔

いくそたび強訴《がうそ》の神輿下りたる叡山けふを雪いだく谷

法闘を偲びつつ踏む叡山に雪がのこりて十余の谷々

二峰に分けて弥生の雪残し鎮まりいます法の御山は

三十余年御山に在《ま》しし上人の厳峻の日々行のあけくれ

窺へば戒壇院堂こもる香の闇にしいます釈迦牟尼の像

まな下に琵琶の大湖かすみたり已講《いかう》の坂の冬芽菩提樹

根本中堂

下り来て雪に埋《う》もれし止観院杉山陰に大き位置占む

雪解けの流れを除けて下り来ぬ根本中堂大き鎮もり

回廊に雪はのこりて止観院大屋根あをく三月の光

十六枚板重ね葺く回廊の栩《とち》の旧りつつ雪積りたらむ

雪を来て根本中堂にひとりなり内陣暗く法のともしび

窺へば内陣暗き石甃消えずのともし三基がまたたく

桟唐戸《さんからど》あけたる暗き内陣に法の灯うくる薬師如来仏

火袋の白きがうちの消えずの灯またたく方に薬師如来像

須弥壇に三つ置かれし法燈の古き鎖の闇より下がる

経典の開かれしまま内陣の脇座はくらき日々《にちにち》の行

格天井《がうてんじやう》見上ぐる闇に眼をこらし牡丹か花を束ねし絵あり

雪つらら滴る水の音絶えぬ吾ただひとり中堂の闇に

ひとかかへに余りて朱の円ばしら中堂冷えたり吾ひとりゐて

十二本外陣にならぶ円柱のみな人丈に擦れひかるあと

柱間の十一なるを数へたり天井たかき中堂のやみ

中堂の屋根なる雪か前庭をうづめし底に筠篠《ゐんでう》の笹

無動寺谷ほか

この径は無動寺谷に続くらしひとりゆきしか雪に踏むあと

千日の回峰行者のけふゆくか雪の消のこる無動寺の谷

叡山に平地《ひらち》求めて向きむきに位置を占めたり堂塔いくつ

文珠楼段這ひあがる狭き堂入試祈りし絵馬のこの数

四明ヶ嶽雪の間に這ふ根生葉《こんせいえふ》みやまよめなの叢がりてみゆ

比叡より北に連なる比良の山雪のこしたりまろき高峰

ひといきに下れば京の八瀬の里あしびが咲けり白の垂れ花

上野博物館

うづくまり羽毛立てゐる鳩の群雪とならむか博物館に来し

わが歩む音のみひびく館のうちガラスに寄りて小面《こおもて》に対ふ

ひこばえの稲

ひこばえの稲に実りし穂は低く水漬く刈田の氷雨となりぬ

ひこばえの稲も枯れたる田に白くたねつけばなの幽けく咲けり

発掘の丘（一）

海水は真間の国分を越え来しやいにしへ人の貝採りし谷

万葉の人ら見たりしや下総の国分の丘のこの貝塚を

発掘の丘はるかなるみんなみは下総のくに国分寺の址

土器抱へ遠代の人の通ひけむ子和清水いま水の湧くなく

被ひたる土を払へば濡れ沈みいま日を受くる縄文の土器

日々の糧に飢ゑて暮らしし遠き代の発掘かなし土器見てをれば

四千年の遠代の人の住みしあと掘れば乾きて赭き土の肌

発掘の後崩されむ竪穴の四千年の時をみるは幾日か

宅地化は際まで迫り発掘の丘にきこえく餅をまくこゑ

発掘の人ら去りにし丘暮れて闇に残れる竪穴の址

四千年の時を掘りたる住居址今宵は月の蝕を待たむか

西穂高岳登山のころ

うさぎぎくを初めて知りぬ西穂高一つ黄の花草丈低く

喘ぎ来てお花畑に花を避《よ》くこばいけいさうは坐るかたはら

三千米の高度踏みしめ独標の鎖に縋り岩をはひゆく

下る外なきか豪雨の西穂高川と流るる道に呼び合ふ

手に触るる樹相移りて西穂高下りたがひなしひびく雨のなか

千駄堀をりをり

日の中をよわよわ飛べる白鷺の黒き羽見ゆ春浅き田に

凍てし田におつる背向の森の影ひろごりゆきて暮るるははやき

のみのふすまこまかき白花叢《むら》がりて休耕田に水の涸れたり

田の水の浅きにうつるえごの花枝卓状になべて垂れ咲く

造成をのがれし古墳の森にきく童ら遠くこだまする声

発掘の丘（二）

子和清水貝の少なき貝塚に掘らるる石器のまろきはいくつ

土器片に混り石器の一つ出づ握られし形《なり》まろきかたまり

頭骨に餓死線見えて掘られしと聞きてはかなし縄文の丘

あきらかに人葬りし土器を掘る四千年経て土と化すはや

貝層に埋《う》もれずあらば人の骨土に還りしが掌のうへ

糧足らず飢ゑに絶えしか縄文の炉のあと土の赭きかたまり

土器片の一つ一つを染むる日の落ちて靄立つ集落のあと

南天に月と木星ひかる見ゆ十日の月か発掘のをか

陸奥種差

幾万年のかなたに成りし岩浜か褶曲のすぢを浪洗ひたり

すさまじき地殻変動陸奥《むつ》の浜褶曲の岩の海に傾《なだ》るる

みちのくの青一色の芝浜に娘と見つけ合ふそばなねぢばな

砂地はふ厚き丸葉の浜昼顔一花あはく陸奥のなぎさに

ししうどの珠の蕾のいま裂けて揃はぬままなり繖形《さんけい》の花序

うつぼぐさ分布の広しむらさきに陸奥種差の浜をも這ひぬ

段丘の平続ける陸奥の浜つづく山並いま暮れてゆく

こだましていか船団の出でゆけり色暮れがたの下北の海

漁火のここだも浮きて沖遠く下弦の月のさし初めにけり

みちのくの海しらしらと明けそめて帰る釣船音のつらなる

うみねこ

魚追ひてあつまり来たる海猫に一ところ白しみちのくの海

うみねこの舞ふみちのくの渚みち浜昼顔の這ふ砂つづく

蕪島《かぶしま》の蕪の花なき真夏日に雛をはぐくむうみねこさやぐ

葦生ふる岩に餌を待つ海猫の雛は高鳴くうぶ毛立ちたり

蕪島の葦立つ岩にうづくまる海猫なべて海に向くみゆ

こゑ騒ぐうみねこの島離り来て浜岩かげにもぢずり揺らぐ

軒となく屋根舞ひ回る海猫と共に明け暮る八戸のまち

夏《げ》油《とう》

栗駒の北に連なる焼石岳しだくさ繁《しじ》に雄羊歯しけしだ

この冬の雪崩のあとか岩陰につりふねさうの低まりて咲く

冬ながくなだりに雪を支へたるみづならなべて湾曲の幹

霧ふかき夏油《げとう》の谿に転がれる岩白緑に地衣の着きたり

山の径ひらく馬ぞり過ぎゆきし後を踏みつつ夏草にほふ

人みなの湯華けづりしあと暗し手の入るまでに穴あける岩

浸す手に夏油の川の水温くしづける岩にみどり藻の生ふ

湯の華の積もりて成りし段丘か見上ぐるドームに白き水の筋

茜とんぼ去りてなほ飛ぶ岩つばめ暮れゆく山の襞深まりぬ

発掘の丘（三）

うは土を除《の》けて出でこしローム地に黒々と見ゆ竪穴の位置

霜ばしら著く立ちたる土掃きて円形掘り継ぐ竪穴のあと

四千年の時を掘れるにブルドーザー潰しゆくもあり縄文の丘

竪穴を掘るに埋《う》もれて小さなる丹塗りの鉢か土赭くみゆ

遠き代に水を溜めたる土器ならむ口縁まろく内曲の形《なり》

掘り上げし土器のかけらを洗ひ継ぐ縄目のひだの深き幾すぢ

いにしへの女人の業とふ土器づくり縄目文様このたくましさ

掘りあぐる土器に満ちたるあかき土分析待つと袋に分けぬ

日の落ちて凍りもゆくか土かたき発掘の丘に一輪車押す

谷とほく灯ともれり竪穴にシートかけつつ作業具納む

層ごとに出でし土器片かためおく集落のあと闇深くなる

さとざくら蕾のかたき下に立つ馬頭観世音竪穴と対ふ

掘り終へて意外に広き竪穴にわれの屈まる土に触れつつ

四千年は土と崩れむ土器のかけら洗へばもろしわが掌に

冬の嵐去りて溜れる竪穴の水にうつりて早き雲あし

竪穴にみぞれの強き雨となり掘りて上げたる土の流るる

いにしへの音か崩るる霜柱ひとり来て立つ集落のあと

昭和五十一年

鹿島神宮・浪逆浦《なさかうら》

防人の鹿島の神に祈りたる一首身に沁む冬の寒き宮

境内の暗きを来たり要石御座《みまし》なれかもここのみ明るし

ひたひたと潮上りくる浪逆浦《なさかうら》まこも末枯《すが》れて水動くみゆ

防人の別れ偲ばゆ浪逆浦葦の片葉の冬枯れて立つ

浪逆浦けふは凪げるを万葉の防人おもふ召されゆく船

魞《えり》のあとまばらに立てる杭朽ちて水静かなり常陸北浦

幾筋か水越え来たり寒き日を常陸北浦真白帆の浮く

下総と常陸を分かつこの流れ群るるまがもの動くともなく

声あげて向岸なる舟を呼ぶ北利根寒しひとり来て立つ

冬の水郷

一人乗るわれにこたつを入れくれぬ棹さす女《をみな》にひかる水かげ

家ごとに水路に下る石の段旧りて崩れぬ寒き水のさと

橋桁に水のかげ動く下を来て細き水路は十二の小橋

家々の水路に開くこの窪み舟納めしや潮来水のさと

干拓の家を連ぬる水の里しのぶ草垂れおのおのに橋

やまたづもねぶかへるでも葉の失せて冬を明るし細き水路の

水路ゆく舟の波寄る両の岸まこもは枯れて水動きたり

桁組みて田の面に高くまつりたる水神《すいじん》います潮来水のさと

みちのくの船荷継ぎたる潮来かも仙台河岸とその名を残す

月あまり九尺の水に浸りしとここに記せり潮来水郷

水門に水位を守る水のさとけふ日の光るひらく刈田に

逆潮に稲田浸りしは幾度ぞけふ安らけし水門の数

与田の浦まこも末枯《すが》れし水際に根株をみたりあやめ一むら

水鳥の高鳴き聞ける与田の浦冬枯れの葦一ところ動く

葦枯れて水際に寄れるかのまがも二羽の動かず干《ひ》あがれる沼

ぼつち笠かぶり棹さす人に映え冬日移ろふ香取の森に

水郷のたひら染めつつ冬の日の入りゆく方は香取宮の森

縄文の土器（一）

土器を焼きし遠代の炎思ほゆるわが手に触るる堅き薄片

吾が洗ふ土器のかけらの黒きあり褐色ありてそれぞれに紋

炭化して黒く染まれる土を掘る遠代に木の実貯へし址

一つ掘れば一つまた出で土器つきず貯蔵のあとか丘の土坑《つちあな》

土器片と掘られし骨なり先人と生きたる犬かも飴色にみゆ

死びとの再び帰るを恐れしか座位屈葬のあとの穴見ゆ

集落の掟厳しくひたすらに土器つくりしや遠代の人ら

ガラス器に土器片沈めじゆずだまをわれは活けたり鎮魂の花

常陸国分寺址

山鳩の鳴くこゑこもる国分寺千二百年のいしずゑ遺す

五歩づつの間をおきて並ぶ中門の十二礎石はみな御影石

黒雲母浮くいしずゑの御影石柱たてたる形《なり》の彫りあと

遠き代に常陸野越えて運びたる国分僧寺の大きいしずゑ

国分寺の址に立ちつつ行く方に峰はひとつに筑波山なみ

漆喰も瓦も崩えて旧る土蔵かたみに支ふ常陸石岡

貝の花貝塚（二）

貝採りて千五百年を住みしとふ貝塚山のこの貝の量

萱の葉の擦れ合ふ風の過ぎゆける貝塚山にこほろぎのこゑ

上向きの莢果《けふくわ》は弾く貝塚にかはらけつめい一叢低き

貝塚の入日に光る萱穂波抉りて倒すブルドーザー迫る

山崩し三層見ゆる露頭なりうは土に浮く貝塚の貝

貝塚山いまゐぐられて水気噴く粘土層みゆ赤土の下に

ま葛の根笹の白根とからみ合ふ貝塚山を人のゐぐれり

笹が根に葛の根もつれ逞しき生存のさま抉りゆく山に

土運ぶ残る一台去りゆきて貝塚山のうへの白き月

富士山五合目

さるをがせ着きて枯れたる白桧曾の枝水平に熔岩に立つ

森林の限界越えて岩の原はなごけ白く水気なく這ふ

落葉松の針形黄葉踏み来たり雨の五合目香のにほひたつ

霧動き明るくなれる岩の原みな片枝に落葉松立てり

お中道の砂礫踏み来ぬ白桧曾のガスに浮き立つ白枯れし木の

ガス噴きて軽きかたまり富士岩に長石細かに結晶ひかる

赤く黒く砂礫広ごる傾斜には熔岩流のあとの幾すぢ

すさまじき火山のあとか富士山に噴火口列稜線に並ぶ

土《ど》偶《ぐう》

扁平の顔の幼きこの土偶目もと口もと小さく寄せぬ

四肢まろく体軀短き遠つ代の土偶に立てばおのおの貌

呪術に生きをゆだねし遠き代の出土の土偶みな砕かれて

縄文とほく人のつくりて砕きしか土肌あらき妊婦の土偶

古代史の謎の一つとふ土偶なり首なく肢なく妊婦の土偶

母神崇拝のならひかとほき土偶どち女人の姿しじにうつせり

撚糸の文様あざあざし極端に目もと腫れたる土偶の女人

丸顔の遮光器土偶と対ひたり極端な目の何を語りし

土器片を洗へる中にまろきかけら土偶の肢か空洞の芯

縄文の人

凄まじき呪術の習ひ先人の歯を抜きし痕歯を研ぎし痕

頭骨の縫合《ほうがふ》の筋まざまざと座位屈葬の縄文のひと

白き歯の整ひて見ゆ遠代びと座位屈葬に小さく眠りし

遠き代に何をよすがに生きにしや座位屈葬に人は眠りし

腕通し飾りたりしや遠き代の出土の貝の輪はなめらかに

腕に嵌まる貝の輪幾重のこるまま嵩の小さし遠代の人の

縄文の土器（二）

人面をかたどりたらむ幾何文様土肌あかき注口の土器

ひとかかへの尖底土器なり土に立て煮炊きをせしや厚手に赭く

紐かけしあとか把手の四つあり口のすぼまる縄文の土器

幾何学の文様刻む方形土錘《どすい》糸をかけしか土のくびれて

発掘の丘潰さる

掘り継ぎて二百に余る住居址束の間に見き潰しゆく丘

この丘に人は幾代を住みにしか竪穴の址重なりて出づ

考古学の記録たしかに子和清水竪穴のあと二百に余る

鉾形のとがり葉生ふるはこひるがほ竪穴埋めし丘にひとくさ

深紅に一葉を染むるこあかざの雨に打たれぬ発掘の丘

遠き代の流れともみゆ雨のあと潰されし丘に強き雨くる

下総の遠代のあとの抉られて褐色ローム層きりぎしに出づ

竪穴の掘りしを潰し山崩し造成遂げぬ一とせのこと

昭和五十二年

常陸笠間

城下町門前町また宿場町常陸笠間に窯煙《えうえん》のぼる

しのぶ草垂れて傾く石の段雪の凝れり山城のあと

十余代藩主替りて山城にのこるは旧りぬ大き石組

城のあと雪の凝りて石の段くれなゐひとつ御影《みかげ》石のまじる

山の嶺の地形のなりに築くあと笠間城址の石組旧りぬ

雪凝る石組ひとり辿るとき雪のひと塊わが肩を打つ

木群透く日にかがよひて絶間なく雪のしづるる城やまに来し

雪のこる山城あとにひとりなり筑波二峰まなかひに見ゆ

佐白山はるかなる野に冬の日のかがよふ水は霞ヶ浦か

雪しろの水は流れて根生葉《こんせいえふ》青冴え冴えと笠間城あと

ここよりは路面凍結と札の立つのぼる城山街の音絶ゆ

草庵の下地窓《したぢまど》のべ灯籠に密かに彫られしマリアこの像

稜線の連なるかたちに雪のこす常陸愛宕のくの字の山並

稲田石切り山

石切りの山並ならむ肌削がれ冬田の方に地鳴りのきこゆ

一山を深くゑぐりし石切りの底ひに映る小さきわがかげ

地下水の水脈ならむいく筋も石切り山の底ひに凍る

日の色に染むばかりなり御影石いま切り出しし白きその石

石切りの断崖つたふ水凍りをさなき松の一木が縋る

一山の御影《みかげ》石を削り掘り継ぎて地の底見する深き絶壁

地層の露頭

十数メートル断崖に出でし地層なり走行の線は北にし向かふ

赤土のロームにつづく粘土層砂層夫々に結晶ひかる

変動のさまを印せるこの地層幾万年を水底にありし

乳色に粘土層出づ下総台地もろき地の肌亀裂に乾く

鉄錆の色の染みたる砂礫層乾きてもろしわが触るる手に

春の嵐去りて露頭の砂の層流紋しるく崩されゆきぬ

母校　講師となる

教職を辞めて十年の時へだてけふを母校の教壇に立つ

十年の科学の歩みに遅れゐてあはれ戸惑ふうつせみわれの

わが髪に散れる桜を払ふなく三十年経て通ふこの道

白髪の目に立ちいます師の笑みのいまに変らず三十年を経て

試薬など調合終へてひとりゐる実験室に遠き少女《をとめ》らのこゑ
外濠の土手の接骨木《にはとこ》朝の日に湧き出づるがに萌え弾けたり
いつの間に花か終りしやま桑の実のあざやけし雨の外濠

日常をりをり

青梅の一つがこぼれ弾む音ひとり草引く庭かげりゆく
白花の黄に変りゆく忍冬の蔓からまりて萩か萌ゆるは
腋生《えきせい》に咲く二花のすひかづら黄に移ろひて甘き香にほふ

武蔵野に絶えて見るなき紫草《むらさき》のわぎへに五年小花をつづく

ひとりゐるかたへに牡丹の音たちて薄き花びら瓶より散れり

時に追はれ立ち働けば動悸すらわすれぬ自律神経を病む

越前福井

石垣は崩れしままなり平城《ひらじろ》の濁れる濠にあめんぼの這ふ

お市の方とほきを偲ぶ越前にけふ立秋の足ばやの雲

能　登

海蝕の洞の底ひにこもる音をりをり荒らぐ潮上《うしほ》げきて

珠洲《すず》の渚岩に荒びて散る浪のしぶきが中のなでしこの花

干し網の網目に乾くてんぐさの潮の香漂ふ岩かげの小屋

海蝕の岩浜の江に寄せきたりよどむ藻草は色おのおのに

能登の海色に染む藻の平面に緑濃き筋褐色のすぢ

煤ひかる梁ふとぶとと落人の時国館《やかた》すぎゆきとほし

奥能登にたつきを支ふる女人あり海士《あま》といふ名に格式高く

外海に日は差し初めむ白く浮き波濤のかなた舳倉島七ツ島

弓なりに畦の乾ける千枚田稲穂揺れつつ海に傾《なだ》るる

沈降の海をへだてて能登の島流刑の地《つち》の切岸《きりぎし》ながき

地溝帯をえらみつつゆく邑知潟平狭《たひら》まりて山並低し

筑紫国原

遥かとほき邪馬台国はいづくなる筑紫国原流れ雲はやし

発掘の調べをはりて方形にただ平なり都府楼のあと

山裾の流れのなりに築きしか水城の土塁緑の一筋

長崎・島原・雲仙

遠き日も近き日も悲し長崎の海の見えつつ丘の石道

海近き川か暗きに寄りて立つオランダ橋と夜目に名の浮く

島原の海は凪ぎたりとほき日に幾万の血を流したるあと

殉教に人は果てたり雲仙の灼熱の噴気いまに絶ゆるなく

おぼおぼと硫気噴き出づる地獄岩あつき地熱にわが手触《さは》れり

霧の阿蘇山

火口原の霧は流れてまた流る阿蘇の五岳のいづかたならむ

方位感なきまま登り霧の阿蘇中岳ここに高さ覚えず

中岳に霧たゆたひて濡れひかる舞鶴草に葉脈の浮く

萱　原

出揃ひし原の穂すすき白きあり赤きもありてなびく一かた

丘削り広ごる冬の空低く牽牛織女のふたつながらに

西に低く光りとどむる七夕星枯萱原の今宵月なし

冬の夜半音なく冴ゆる中空に木星きらら双子座の位置

真間の手児奈

いにしへの里の人よぶ涙石六十三段真間山を下る

古ゆ語り継ぎ来し真間の手児奈たれか掘りけむ古井残れる

赤人も詠みし手児奈か真間の乙女汲みけむ井といふ崖際にみゆ

藤と槐《ゑんじゅ》おほかた散りて吹き溜る黄葉《もみぢ》のなべて豆科のものか

昭和五十三年

太東岬

冬の日に渚ひかれる九十九里浜はここより海蝕の崖

笹竹に頼りて下る岩浜に踏むつちぐりの胞子のけむり

岩一つめぐりて海とへだたれば磯菊はみえず潮騒のおと

泥岩の層理あらはに太東岬潮《うしほ》滲みて板かと剝がる

岩かげにいしもち動くびく見えて太東岬の浪高まりぬ

らせいたさう羅紗に似る葉の冬枯れて海蝕崖に赤き茎這ふ

鉄錆びて点る灯のなき灯台に添ひつつ残る磯菊の花

目眩《めくる》めく崖に立ちたり海蝕の底ひを打ちてこもる浪のおと

護岸して砂移るなき太東岬弘法麦の末枯《すが》れつつ這ふ

もの温む冬の渚にはまるゑんどうこまかき厚ら葉砂にすがりぬ

海に近き夷隅《いすみ》の川辺いく棟に人の住むなく縁の日だまり

艶やかな浜撫子の根生葉群るる崖ゆく花をもとめて

富津洲《ふっつす》

富津洲の砂嘴《さし》をはさみて海を覆ふ海苔篊《のりひび》の間を時に舟ゆく

先へ先へ砂嘴辿りゆくふたがはに潮の上げきて砂を動かす

海水を南に北に見放けつつ富津洲砂嘴の砂みちながし

相対ふは観音崎かくびれたる海をはざまに低き山並

砂嘴洗ふ両側の潮引き始めぬれたる砂に巻貝を拾ふ

打ちあげし貝殻に混りカシパンウニ扁平白きに星形の紋

砂嘴に拾ふカシパンウニの白き殻すぼむ口より砂のこぼるる

受験の娘

子の進学決まりかをらむ双子座にまた廻りきて月ひかるとき

心近く母われのゐて甘ゆるか受験迫れる十五の娘

時が決むかく思ふがの娘の受験母なる吾の何をなすべき

偏差値に人を計らむ世のならひ受験期いまを耐ふる外なく

頬といはず娘はつねり合格に酔ひてをるらし笑顔向けゐて

浅間山

地に絡みのぼる木のあり高く垂る木通《あけび》分けつつ裾原をゆく

郭公の声おひおひに下に聞き火の山登る七十の母と

赤松の木を洩る光集め咲くこいはかがみの群生いくつ

火の山の地水《ちすい》集めて濁川岩砂《いはすな》染むる激つ瀬のおと

濁川にごれる水の倒れ木を岩砂染めて峡《はざま》縫ひゆく

血の滝の際に傾くさはふたぎ根のゑぐられて白き花咲く

激つ瀬を母と登れば地鳴りして土砂崩れきぬ思はずすくむ

林道に噴火注意の札いくつ浅間嶺けふを煙立つなく

いはかがみ舞鶴草と花に寄り登りを休む母と疲れて

裾野原夕靄沈みわがあとは下る人なく樅の下ゆく

裾原の樅の下陰くらきなか駒留ならむ土塁つらなる

裾野原立つはひとりの吾なるかみやまざくらの白咲き残る

落葉松の芽吹きを透きて日は入りぬ火の山暫く蒼きコニーデ

いにしへに人の越えしや宇須比の峠栃の花立つ大樹の萌ゆる

萌え盛る栃に立ち出づる円錐花宇須比の峠白のかがよふ

二筋に道を分けたる信濃追分黄の花乱れうまのあしがた

倦　怠

植物の生きの競ひに伍す如く空しわが「時」確実に過ぐ

うつうつと歩める土手に葉群透き円形こまかなり太陽の光《かげ》

自らの性《さが》に悔いつつ一日ながしもつれし蔓を瓶に活け替ふ

白藤の花待ちかねし三十年垂るる房穂の紫に咲く

松村英一先生

青やかに芽の萌え出づるメタセコイア過ぎしを語らす師のたひらかに

亡き刀自を詠みつぎいます先生の鬢ながながと机に寄らす

乗鞍岳

這松の限界ならしここよりはガレを辿らむ足を整ふ

乗鞍の岩のなだりに諸手つき駒草みたりゆるるこまくさ

馬面に似る駒草の花も葉も淡くかそけしガレの岩かげ

乗鞍に踏むを気遣ふこまくさのガレを辿りぬ二つ目の峰

時はるか噴火の山とふ乗鞍に山容おのおの十二の峰みゆ

見下ろしの這松なだりに影ひきて綿雲流るる穂高峰の方

奥飛騨

槍が明け穂高が明けて奥飛騨の明暗《あけぐれ》の瀬にみそさざい鳴く

いはがらみ絡むと寄りし岩間《いはあひ》の風穴ならむ吹き出づる風

這松の青を抜き出で立つ岩秀穂高の峰なり八つまで数ふ

梓川かたへに咲けるともゑさう五弁の黄花左巴に

時へだてけふを尋ねし梓川旧道切れ切れにダムに埋れぬ

飛驒の高山

乳鋲を太々打ちたる陣屋門強訴《がうそ》幾たび遠世にありき

騒動の古き記録の連判に筆蹟おのおの力みたるあと

敗れしも犠牲多きも騒動の貧しき記録飛驒に残りぬ

幼妻に文を残せり善九郎一揆率ゐて十八歳に死す

榑板《くれいた》に葺きて陣屋の大き蔵暑き日に訪ふ権勢のあと

冬長き飛驒杣山に円空上人み仏彫りたり行のあけくれ

「がしん年」の飢餓は遥けく明けおそき飛驒高山に朝市賑ふ

娘

己通す娘いとしと見る夫のゆとり羨しむ疎外の思ひに

遠まはしに言ふを覚りしや娘小百合われは汝が母素直に甘えよ

母吾の踏み込めぬ世界いつしかに娘は持ちたらむうなじ幼く

心根のいまだをさなき十六の娘の言葉耐へてわが聞く

月　光

月光に穂群ひかれる萱の原歩み過ぎつつ昼のぬくもり

ひと夏の乾きに絶えしか南蛮煙管分け分けてなし末枯《すが》れ萱原

貝塚にまたも立ちたり人踏みて真砂のごとく貝の散りぼふ

貝塚のはたての空の深き闇吸はるるごとしシリウスの光

入りつ日の方にやうやく位置を知る発掘の丘は新しき街

昭和五十四年

あかうきくさ

水凝る沼に漸く入日さしあかうきくさの小葉を寄せ合ふ

水流に逆らふならひ自ら緋目高の稚魚群れてあぎとふ

蜘蛛の編む糸の不思議に対ふさへ解けぬ無力に人小さきか

眼痛に耐ふる一日の過ぎむとす榎の黄葉は道の上を飛ぶ

風はらむ姿のままに立ち枯るる大泡立草国道に沿ふ

関宿

ひとり立つ利根の分岐の川近く吸はるる水の底鳴らす音
岸に浮く破舟いくつたゆたひて利根に分かれし波の寄せくる
水近くぬれし川砂繻子のごと犬の足あと一筋つづく
おほみづに川と流れむ高水敷水きれぎれに澱み動かず
川狭め江戸を守りし棒出しの石くろぐろと大きかたまり

利根のぼり江戸川に継ぎて通ひけむ舟を見るなき関宿のさと
牧草の青敷きつめし河原にほとけのざ群るるあかき斑点

山の辺の道

三輪山を隠さふ雲なきくもり日にあはあは李の咲きさかる道
三輪山の老杉の叢神さびて葉末の垂るる花の出づれば
いにしへの籠らふ風か吹きおろす三輪神山に樫の葉舞ふも
雨のあと溜る水避け辿る道三輪山の辺のすみれに触るる

巻向の激ちひびかふ車谷部落鎮もりて白壁を寄す
巻向の流れのはやき行くかたに大和くにはら耳成の山
振り返る三輪の神山まろき御山赤松の幹雨に鮮々《あざあざ》し

自　愛

逆らはず一つ流れをゆく時し自我失ふをふいに恐れつ
決断のつかぬまま来し日の夕渡らむ前を遮断機下る
自我なくて流さるる日に思ひ湧く自愛を宣らす先生のみ声　松村英一先生

後記

このたび、私が歌集を上梓できたことは大きな喜びである。しかし、あらためて自分の作品をみると、欠点が歴然としていてたじろぐ思いである。

本集には、昭和三十九年九月から五十四年六月までの「国民文学」に載った作品に、未発表の身辺詠若干を加えたものを、千代國一先生に選歌して頂き、五四七首を収録した。

この集には、貝塚や縄文時代の発掘にかかわる作品がかなり多い。昭和四十五年、私は東京から千葉県松戸市に移り住んだ。ここ松戸栗ケ沢は、当時宅地造成のため、丘を崩し田を埋めて黄塵舞い上がる原と化していた。私の家の盛土に、土器片があり、貝が混っていたのをみた時の驚きはたとえようもなかった。近くの貝の花貝塚の土だったのである。以来、縄文の人達に心を奪われてしまった私は、何回となくこの崩されてゆく貝塚にひとり通った。

のち、少し離れた子和清水貝塚の発掘調査が始まり、竪穴住居が掘られるさまを眼のあたりにした。おそらく餓死したらしい縄文の人達と聞き、埋もれている土器に直接手を触れ心が抉られる思いであった。造成という名のもとに、現代人がこのように易々と発掘し潰してしまうことの是非を考えながら、私は駆り立てられるようにここにも通い続けた。

一方、私は若い頃から、植物の生命力の不思議さに強く心を引かれてきたので、自然の中でも植物に眼を向けることが多い。集中、一五〇種余りもの木草を詠んでいるのもおのずからのことである。

作歌は、いまの私にとってはまさしく苦しみといえる。しかし苦悶する場に自分を追いやることで、私なりの発見があり時にはっとする。〈自愛だよ〉とのわが師松村英一先生のお言葉を大切にして歌に縋っている。

昭和三十九年、私は全くの初心者ながら、国民文学社に入会した。子どもの頃、母の針箱にあった紙片を見るともなく見た私は、書きつけてあったものが母の歌と知り、分からないなりに、歌とはかなしいものと思った記憶がある。作歌に至るまでの確かな心の軌跡や動機もないまま、突然歌をはじめたことは、今もって不思議な気がしてならない。

当時私は、教職について十年目になっていたが、家事の都合から止むなく退職し心が大きく揺れ動いた。歌を作り、この虚しさを埋めようとしたのかと或いは思う。四首の私の歌が、松村英一先生の選で、はじめて「国民文学」に載った時の感激は忘れられない。以降、先生の歌風に傾倒し、わが師と仰いで今日に至っている。〈万葉集を繰り返し読み、百首は暗記するのだ。山へ行くとよい。心が弾めば歌も弾み深いものとなる。〉温かく、初心者の私に教え下さったことが心に沁みて、私なりの努力をしてみたが、素質のなさと歌の難しさが自認され、安易に休詠を繰り返したりした。

「国民文学」に入会を私に奨めた母、乃村仲子は、当時歌から遠ざかっていたが、私の入会に一年遅れて仲間に加わり、すでに歌集『子水葱の花』を持って私の前を歩いてくれている。

時折、母に従って松村先生のお宅に参上、直接ご指導を仰いでいた私であるが、歌会にはとかく欠席することが多く、都合がつきにくかったとはいえ、大切な機会を無にし続けてしまった。この歌集を機に、真剣に勉強をやりたいと心に誓っている。

昨夏私は、松村先生から、国民文学叢書第一八四篇として歌集のお許しをいただき、身に余ることと感激した。

選歌をしてくださるとの先生のお言葉に、ご高齢の健康を気遣いながらも、歌稿をお預けしたが、結局選歌はご無理となられた。松村先生のお仕事は、選者の方々に移されることとなったので、私は、千代國一先生に事情をお話したところ、第一歌集は早い時期にとお勧めをいただいた。松村先生のご健康の回復を心からお祈り申し上げるとともに、急遽出版を決心した次第である。

千代國一先生には、ご多忙の中を選歌をはじめ序文をいただき、ご高配と懇切なご指導を賜わった。その上、歌集名を集中の

土器を焼きし遠代の炎思ほゆるわが手に触るる堅き薄片

からつけていただいた。厚く御礼を申し上げる。

松村英一先生には、拙い歌集ではあるが、真っ先に見ていただきたいと願い、これまでの温かいご指導に対して感謝の気持で一杯でいる。

校正等、万般のお世話をいただいた短歌新聞社の石黒清介氏および国民文学社の横山岩男氏にも御礼を申し上げたい。

終りに、「国民文学」の選者の諸先生、先輩誌友の方々のご厚情に、改めて深謝

申し上げる。

昭和五十四年六月

下村百合江

解説

横山岩男

乃村仲子さんと下村百合江さんが母娘であると知ったのは後のことであるが、乃村さんは、国民文学本社歌会の常連だったので、月に一度はお会いしていた。つつましやかな物言いの静かな方であった。

下村百合江さんは、乃村さんより一年前に「国民文学」に入会し松村英一に師事した。三十歳を過ぎて、とつぜん歌が作りたくなり母に相談すると、かつて「短歌雑誌」で松村英一の選を受けたことから、「国民文学」をすすめられたのである。歌から遠ざかっていた母も翌年「国民文学」に入会した。

歌人で理系はめずらしいが、下村百合江さんは理系で、文学的素養がないのでと謙遜されるが、理系の人は、観察力があり、実証性があり、分類などはあきらかに身に備わったものであろう。このことは記念号の「年表」に見られるし、松村英一の〈「冬の木曽路」研究〉では、同じ時季に二度も冬の木曽路を歩いていることである。

中学校では理科の教諭であり、高校では生物の講師であった。天文学にも造詣が深い。

『遠代の炎』は、昭和三十九年の作から収録されているので、初期の作品から昭和五十四年までの十五年間の五四七首が収められている。

萌えし茶の青に移ろふマロニエの長き影ひく路の上踏む
花の過ぎ繁り深まる頃に来て一人を歩むマロニエの並木
梧桐の茂り重なる葉のかげの房穂を見上ぐ暑き街路に　　街路樹

巻頭歌で作歌して間もないころの作品であるが、季の移ろいを見て写実している。初期の作品とは思えない、感受性と写実からなる一連である。

潮流の移ろふ頃か隅田川ながき筏のはこびはにぶし
隅田川船のあとなる波の筋冬日にひかりしばし揺れゐつ
雨いつかみぞれとなりて隅田川けぶらふ方に船の消えゆく　　隅田川

引き船にやや間をおきて引かれゆく長き筏に人の影立つ

今はこうした情景は見られないであろうが、昭和四十年のころ、隅田川に浮かぶ筏を詠み、細やかな描写は、作品に奥行きを与え、写実力の深まりを見せる。

下村さんにとって一転機となったのは貝塚の歌で、昭和四十五年に、千代田区平河町から、千葉県松戸市小金原に転居したことであろう。

新しき家

ダンプカー五台を盛れる庭土に土器片浮かぶ驟雨の去りて

笹竹の地下茎白く埋《う》もれゐて土器片もありこの土の量

遠き代に貝をさぐりし入江ならむ赤土盛りてわが家の建つ

月光に花のごと浮く貝殻の貝塚山を越えてわが家

新しく家を建て、庭に盛り土をした中に、貝殻が混じり、驟雨のあとに、土器片や貝殻の浮き出たことに驚くのである。今迄は歌材を外に求め、都内の名のあるところを歩き、山にも登ったが、一つの題材についてそれほど多作しているとは言えない。

一つの対象について、多作をすることにより、物の見方、表現力も豊かになるのである。旅行詠の多い作者であるが、貝塚を通し、縄文時代に惹かれ、発掘現場、各地の遺跡探訪に熱中し、作歌に深まりを見せる。


そのころ、小学生の長女が学校から帰ってくるなり、貝塚が見たいと言った。おそらく最初に発見された「大森貝塚」を社会の授業で知ったのであろう。

下村百合江さんが、貝塚の歌を「国民文学」誌上に発表していたので、その旨を告げると案内して下さるという。

次の休みの日に訪ねると、庭の盛り土には貝殻が混ざって幾つもあった。歩いてもそれほど遠くないところに「貝の花貝塚」があり、下村さんのお子さんの小百合さんも同行した。子供は子供同士で、すぐ仲良しになったが、後年の乃世小百合さんで「国民文学」の会員となり、新鮮な歌を詠んだ。

「貝の花貝塚」は丘で、半ば崩された斜面には貝殻がびっしりと貼りついていた。


三千年の遠代に人の住みしあと土器片の浮く貝塚に立つ

埋《う》もれゐし土器のかけらを掘りしあと土に鮮《あたら》し縄文残る

手応へのたしかにありて掘り進む口縁まろき反りたるかけら

貝採りて千五百年を住みしとふ貝塚山のこの貝の量

貝の花貝塚（二）

山崩し三層見ゆる露頭なりうは土に浮く貝塚の貝

土運ぶ残る一台去りゆきて貝塚山のうへの白き月

（一）と（二）の間には六年経っているので、長期に亘って、貴重な貝塚が崩されたのである。この間縄文時代に寄せる思いの熱いものがある。

「比叡山」の一連は大作であり、「西穂高岳」「乗鞍岳」は登山詠で高山植物などが詠われる。

『遠代の炎』出版記念会が縁で、友人十余名が「国民文学」に入会、「桜蔭会」歌会を催し、みな同人となり、各自歌集を持つまでになったことは、資質の高さにもよるが下村百合江さんの力に負うところが大きいのである。

下村百合江略年譜

昭和七年（一九三二）
四月十三日、東京都麴町区平河町に、父乃村林太郎、母仲子の長女として生まれる。九年に妹、十六年に弟が出生。父は公務員。母は娘時代に祖母の知人、石榑千亦に歌の手解きを受け、後に「短歌雑誌」の松村英一選にて昭和二年頃まで歌に親しんでいた。

昭和十三年（一九三八）　6歳
麴町区立永田町小学校入学（後、国民学校）。

昭和十九年（一九四四）　12歳
四月～六月、千葉県東金町に縁故疎開。東金国民学校に転入。七月帰京。永田町国民学校に戻る。八月、山梨県河口村に学童集団疎開。

昭和二十年（一九四五）　13歳
二月、疎開から帰京。三月、国民学校卒業。
四月、三輪田学園入学。五月、戦災に遭う。
八月十五日、玉音放送拝聴。終戦。

昭和二十六年（一九五一）　19歳
三輪田学園高等学校卒業。お茶の水女子大学理学部生物学科（植物学）に入学。

昭和三十年（一九五五）　23歳
大学卒業。東京都中央区立中学校理科教諭。

昭和三十三年（一九五八）　26歳
下村勇三郎と結婚。夫は英語教師。

昭和三十五年（一九六〇）　28歳
父乃村林太郎死去（五十八歳）。

昭和三十七年（一九六二）　30歳
娘小百合が生まれる。

昭和三十九年（一九六四）　32歳
作歌を希望する。母乃村仲子のすすめにて、「国民文学」に入会。松村英一に師事。長年歌から遠ざかっていた母も翌年「国民文学」に入会、共に松村英一に師事する。母に従い折々、英一宅に参上、指導を受ける。

昭和四十年（一九六五）　33歳
教諭を辞職する。中央区立中学校にて理科の非常勤講師を以後四年間勤める。この頃より大和の古代史、万葉研究会に参加する。一方植物会にて各地の植物探索。小原流華道研美会にて、いけばな活動にも努める。

昭和四十五年（一九七〇）　38歳
東京都千代田区平河町から千葉県松戸市小金原に転居。近くに「貝の花貝塚」。自宅の盛土に、縄文土器片、貝殻が混じっていて驚く。貝の花貝塚発掘後の残土だった。以来、発掘中の松戸市子和清水貝塚にも通いつめ各地の縄文遺跡探訪。考古学の研究会に参加する。同時期、華道小原流の教授を七年間勤める。

昭和五十一年（一九七六）　44歳
「国民文学」第二同人。日本歌人クラブ入会。

昭和五十二年（一九七七）　45歳
母校三輪田学園にて、高校生物、中学校理科の非常勤講師となる。

昭和五十五年（一九八〇）　48歳
第一歌集『遠代の炎』（短歌新聞社）刊。高齢の松村英一に代り、千代國一から、選歌およびび序、ほかすべてにわたる配慮を頂く。

昭和五十六年（一九八一）　49歳
松村英一逝去（九十一歳）。

昭和五十七年（一九八二）　50歳
『遠代の炎』上梓後、友人十余名が前後して「国民文学」に入会、共に千代國一に師事。全員が初心者ゆえ千代國一の直接指導を三年余り受ける。この桜蔭会歌会は折々の大和の旅をはじめ都内各地の探訪等も楽しみ平成の現在も続いている。このうち九名が歌集を上梓。御供平佶には、わが仲間の「国民文学」入会以来、数々の面倒をみていただいた。

昭和五十八年（一九八三）　51歳
植物会での初めての海外カナダの旅。以降、中国、アラスカ、パキスタン、トルコ、豪州。

昭和六十一年（一九八六）　54歳
第二歌集『砂丘前線』（短歌新聞社）刊。

昭和六十二年（一九八七）　55歳
現代歌人協会の会員となる。三輪田学園の講師を辞して、お茶の水女子大学文教育学部史学科（考古学）の聴講生となり四年間在籍。